Brás, Bexiga e Barrafunda

Brás, Bexiga e Barrafunda

Alcântara Machado

Ediouro

Capa:
JULIO MOREIRA

Preparação de originais e revisão tipográfica:
PAULO HENRIQUE BRANDÃO

CIP - BRASIL. CATALOGAÇÃO-NA-FONTE
SINDICATO NACIONAL DOS EDITORES DE LIVROS, RJ

M129b Machado, António de Alcântara, 1901-1935
Brás, Bexiga e Barra Funda / Alcântara Machado. - Rio de Janeiro : Ediouro, 2004

ISBN 85-00-01616-7

1. Ficção brasileira. I. Título.

04-2446. CDD 869.93
CDU 821.134.3(81)-3

04 05 06 07 08 8 7 6 5 4 3 2 1

EDIOURO PUBLICAÇÕES S.A.

Rua Nova Jerusalém, 345 • CEP 21042-230 • Rio de Janeiro • RJ
Tel.: (21) 3882-8200 • Fax: (21) 2260-6522 • e-mail: livros@ediouro.com.br
Internet: www.ediouro.com.br

Sumário

Biografia do Autor

António de Alcântara Machado nasceu em 25 de maio de 1901, na cidade de São Paulo-SP. De tradicional família paulistana, bisneto de brigadeiro, neto do Barão da Santa Sé e filho do senador e escritor José de Alcântara Machado d'Oliveira, membro da Academia Brasileira de Letras.

Findos os estudos preparatórios, ingressou na Faculdade de Direito de São Paulo, instituição para a qual a família já havia contribuído com vários lentes. Em 1923, formou-se em Ciências Jurídicas e Sociais.

Ainda no período estudantil, dá partida a sua vocação jornalística, começando a contribuir para órgãos da imprensa paulistana, como o *Jornal do Comércio*, onde publicou seu primeiro artigo de crítica literária. Em seguida, veio a assumir a coluna de crítica teatral do mesmo veículo.

Em 1925, empreende uma viagem à Europa, de onde traria material para um livro, que viria à lume no ano seguinte: *Phaté Baby*.

Conciliando dois de seus interesses, funda, em 1926, a revista literária *Terra roxa e outras terras*. A esta, seguem-se outras publicações de feição modernista, como a *Revista de Antropofagia* e a *Revista Nova*, com Mário de Andrade e Paulo Prado.

Em 1927, publica *Brás, Bexiga e Barra Funda*. No ano seguinte sai o livro *Laranja da China*. Ambas as obras são recebidas com entusiasmo pela melhor crítica contemporânea.

A partir de 1930, a efervescência política da época, juntamente com as imposições da tradição familiar, conduzem-no à arena política. Em 1932, a eclosão da Revolução Constitucionalista o leva à Superintendência da Rádio Sociedade Record, onde investe pioneiramente na propaganda política radiofônica.

Em 1933, volta ao jornalismo, fazendo crítica literária nos *Diários Associados*. Contudo, no mesmo ano, transfere-se para o Rio de Janeiro, a fim de dirigir os serviços da secretaria da representação paulista na Assembléia Nacional Constituinte.

Em 1934, assume o *Diário da Noite*, na capital da República. Elege-se deputado federal por São Paulo, cargo que não chega a ocupar, impedido pela morte abrupta, em 1935, após uma operação para extirpar o apêndice.

ARTIGO DE FUNDO

Assim como quem nasce homem de bem deve ter a fronte altiva, quem nasce jornal deve ter artigo de fundo. A fachada explica o resto.

Este livro não nasceu livro: nasceu jornal. Estes contos não nasceram contos: nasceram notícias. E este prefácio portanto também não nasceu prefácio: nasceu artigo de fundo.

Brás, Bexiga e Barra Funda *é o órgão dos ítalo-brasileiros de São Paulo.*

Durante muito tempo a nacionalidade viveu da mescla de três raças que os poetas xingaram de tristes: as três raças tristes.

A primeira, as caravelas descobridoras encontraram aqui comendo gente, e desdenhosa de "mostrar suas vergonhas". A segunda veio nas caravelas. Logo os machos sacudidos desta se enamoraram das moças "bem gentis" daquela, que tinham cabelos "mui pretos, compridos pelas espadoas".

E nasceram os primeiros mamalucos.

A terceira veio nos porões dos navios negreiros trabalhar o solo e servir a gente. Trazendo outras moças gentis, mucamas, mucambas, mumandas, macumas.

E nasceram os segundos mamalucos.

E os mamalucos das ditas fornadas deram o empurrão inicial no Brasil. O colosso começou a rolar.

Então os transatlânticos trouxeram da Europa outras raças aventureiras. Entre elas uma alegre que pisou na terra paulista cantando e na terra brotou e se alastrou como aquela planta também imigrante que há duzentos anos veio fundar a riqueza brasileira.

Do consórcio da gente imigrante com o ambiente, do consórcio da gente imigrante com a indígena nasceram os novos mamalucos.

Nasceram os intalianinhos.

O Gaetaninho.

A Carmela.

Brasileiros e paulistas. Até bandeirantes.

E o colosso continuou rolando.

No começo a arrogância indígena perguntou meio zangada:

Carcamano pé-de-chumbo
Calcanhar de frigideira
Quem te deu a confiança
De casar com brasileira?

O pé-de-chumbo poderia responder tirando o cachimbo da boca e cuspindo de lado: A brasileira, per Bacco!

Mas não disse nada. Adaptou-se. Trabalhou. Integrou-se. Prosperou.

E o negro violeiro cantou assim:

Italiano grita
Brasileiro fala
Viva o Brasil
E a bandeira da Itália!

Brás, Bexiga e Barra Funda, *como membro da livre imprensa que é, tenta fixar tão-somente alguns aspectos da vida trabalhadeira, íntima e quotidiana desses novos mestiços nacionais e nacionalistas. É um jornal. Mais nada. Notícia. Só. Não tem partido nem ideal. Não comenta. Não discute. Não aprofunda.*

Principalmente não aprofunda. Em suas colunas não se encontra uma única linha de doutrina. Tudo são fatos diversos. Acontecimentos de crônica urbana. Episódios de rua. O aspecto étnico-social dessa novíssima raça de gigantes encontrará amanhã o seu historiador. E será então analisado e pesado num livro.

Brás, Bexiga e Barra Funda *não é um livro.*

Inscrevendo em sua coluna de honra os nomes de alguns ítalo-brasileiros ilustres este jornal rende uma homenagem à força e às virtudes da nova fornada mamaluca. São nomes de literatos, jornalistas, cientistas, políticos, esportistas, artistas e industriais. Todos eles figuram entre os que impulsionam e nobilitam neste momento a vida espiritual e material de São Paulo.

Brás, Bexiga e Barra Funda *não é uma sátira.*

A Redação

Gaetaninho

– Xi, Gaetaninho, como é bom!

Gaetaninho ficou banzando bem no meio da rua. O Ford quase o derrubou e ele não viu o Ford. O carroceiro disse um palavrão e ele não ouviu o palavrão.

– Eh! Gaetaninho! Vem pra dentro.

Grito materno sim: até filho surdo escuta. Virou o rosto tão feio de sardento, viu a mãe e viu o chinelo.

– *Subito!*

Foi-se chegando devagarinho, devagarinho. Fazendo beicinho. Estudando o terreno. Diante da mãe e do chinelo parou. Balançou o corpo. Recurso de campeão de futebol. Fingiu tomar a direita. Mas deu meia volta instantânea e varou pela esquerda porta adentro.

Eta salame de mestre!

Ali na Rua Oriente a ralé quando muito andava de bonde. De automóvel ou carro só mesmo em dia de enterro. De enterro ou de casamento. Por isso mesmo o sonho de Gaetaninho era de realização muito difícil. Um sonho.

O Beppino por exemplo. O Beppino naquela tarde atravessara de carro a cidade. Mas como? Atrás da Tia Peronetta que se mudava para o Araçá. Assim também não era vantagem.

Mas se era o único meio? Paciência.

Gaetaninho enfiou a cabeça embaixo do travesseiro.

Que beleza, rapaz! Na frente quatro cavalos pretos empenachados levavam a Tia Filomena para o cemitério. Depois o padre. Depois o Savério noivo dela de lenço nos olhos. Depois ele. Na boléia do carro. Ao lado do cocheiro. Com a roupa marinheira e o gorro branco onde se lia: ENCOURAÇADO SÃO PAULO. Não. Ficava mais bonito de roupa marinheira mas com a palhetinha nova que o irmão lhe trouxera da fábrica. E ligas pretas segurando as meias. Que beleza, rapaz! Dentro do carro o pai, os dois irmãos mais velhos (um de gravata vermelha, outro de gravata verde) e o padrinho Seu Salomone. Muita gente nas calçadas, nas portas e nas janelas dos palacetes, vendo o enterro. Sobretudo admirando o Gaetaninho.

Mas Gaetaninho ainda não estava satisfeito. Queria ir carregando o chicote. O desgraçado do cocheiro não queria deixar. Nem por um instantinho só.

Gaetaninho ia berrar mas a Tia Filomena com a mania de cantar o "Ahi, Mari!" todas as manhãs o acordou.

Primeiro ficou desapontado. Depois quase chorou de ódio.

Tia Filomena teve um ataque de nervos quando soube do sonho de Gaetaninho. Tão forte que ele sentiu remorsos. E para sossego da família alarmada com o agouro tratou logo de substituir a tia por outra pessoa numa nova versão de seu sonho. Matutou, matutou, e escolheu o acendedor da Companhia de Gás, Seu Rubino, que uma vez lhe deu um cocre danado de doído.

Os irmãos (esses) quando souberam da história resolveram arriscar de sociedade quinhentão no elefante.

Deu a vaca. E eles ficaram loucos de raiva por não haverem logo adivinhado que não podia deixar de dar a vaca mesmo.

O jogo na calçada parecia de vida ou morte. Muito embora Gaetaninho não estava ligando.

— Você conhecia o pai do Afonso, Beppino?

— Meu pai deu uma vez na cara dele.

— Então você não vai amanhã no enterro. Eu vou!

O Vicente protestou indignado:

— Assim não jogo mais! O Gaetaninho está atrapalhando!

Gaetaninho voltou para o seu posto de guardião. Tão cheio de responsabilidades.

O Nino veio correndo com a bolinha de meia. Chegou bem perto. Com o tronco arqueado, as pernas dobradas, os braços estendidos, as mãos abertas, Gaetaninho ficou pronto para a defesa.

— Passa pro Beppino!

Beppino deu dois passos e meteu o pé na bola. Com todo o muque. Ela cobriu o guardião sardento e foi parar no meio da rua.

— Vá dar tiro no inferno!

— Cala a boca, palestrino!

— Traga a bola!

Gaetaninho saiu correndo. Antes de alcançar a bola um bonde o pegou. Pegou e matou.

No bonde vinha o pai do Gaetaninho.

A gurizada assustada espalhou a notícia na noite.

— Sabe o Gaetaninho?

— Que é que tem?

— Amassou o bonde!

A vizinhança limpou com benzina suas roupas domingueiras.

Às dezesseis horas do dia seguinte saiu um enterro da Rua do Oriente e Gaetaninho não ia na boléia de nenhum dos carros do acompanhamento. Ia no da frente dentro de um caixão fechado com flores pobres por cima. Vestia a roupa marinheira, tinha as ligas, mas não levava a palhetinha.

Quem na boléia de um dos carros do cortejo mirim exibia soberbo terno vermelho que feria a vista da gente era o Beppino.

Carmela

Dezoito horas e meia. Nem mais um minuto porque a madama respeita as horas de trabalho. Carmela sai da oficina. Bianca vem ao seu lado.

A Rua Barão de Itapetininga é um depósito sarapintado de automóveis gritadores. As casas de modas (AO CHIC PARISIENSE, SÃO PAULO-PARIS, PARIS ELEGANTE) despejam nas calçadas as costureirinhas que riem, falam alto, balançam os quadris como gangorras.

— Espia se ele está na esquina.

— Não está.

— Então está na Praça da República. Aqui tem muita gente mesmo.

— Que fiteiro!

O vestido de Carmela coladinho no corpo é de organdi verde. Braços nus, colo nu, joelhos de fora. Sapatinhos verdes. Bago de uva Marengo maduro para os lábios dos amadores.

— Ai que rico corpinho!

— Não se enxerga, seu cafajeste? Português sem educação!

Abre a bolsa e espreita o espelhinho quebrado, que reflete a boca reluzente de carmim primeiro, depois o nariz chumbeva, depois os fiapos de sobrancelha, por último as bolas de metal branco na ponta das orelhas descobertas.

Bianca por ser estrábica e feia é a sentinela da companheira.

— Olha o automóvel do outro dia.

— O caixa-d'óculos?

— Com uma bruta luva vermelha.

O caixa-d'óculos pára o Buick de propósito na esquina da praça.

— Pode passar.

— Muito obrigada.

Passa na pontinha dos pés. Cabeça baixa. Toda nervosa.

— Não vira para trás, Bianca. Escandalosa!

Diante de Álvares de Azevedo (ou Fagundes Varela) o Ângelo Cuoco de sapatos vermelhos de ponta afilada, meias brancas, gravatinha deste tamanhinho, chapéu à Rodolfo Valentino, paletó de um botão só, espera há muito com os olhos escangalhados de inspecionar a Rua Barão de Itapetininga.

— O Ângelo!

— Dê o fora.

Bianca retarda o passo.

Carmela continua no mesmo. Como se não houvesse nada. E o Ângelo junta-se a ela. Também como se não houvesse nada. Só que sorri.

— Já acabou o romance?

— A madama não deixa a gente ler na oficina.

— É? Sei. Amanhã tem baile na Sociedade.

— Que bruta novidade, Ângelo! Tem todo domingo. Não segura no braço!

— Enjoada!

Na Rua do Arouche o Buick de novo. Passa. Repassa. Torna a passar.

— Quem é aquele cara?

— Como é que eu hei de saber?

— Você dá confiança para qualquer um. Nunca vi, puxa! Não olha pra ele que eu armo já uma encrenca!

Bianca rói as unhas. Vinte metros atrás. Os freios do Buick guincham nas rodas e os pneumáticos deslizam rente à calçada. E estacam.

— Boa tarde, belezinha...

— Quem? Eu?

— Por que não? Você mesma...

Bianca rói as unhas com apetite.

— Diga uma cousa. Onde mora a sua companheira?

— Ao lado de minha casa.

— Onde é sua casa?

— Não é de sua conta.

O caixa-d'óculos não se zanga. Nem se atrapalha. É um traquejado.

— Responda direitinho. Não faça assim. Diga onde mora.

— Na Rua Lopes de Oliveira. Numa vila. Vila Margarida nº 4. Carmela mora com a família dela no 5.

— Ah! chama-se Carmela... Lindo nome. Você é capaz de lhe dar um recado?

Bianca rói as unhas.

— Diga a ela que eu a espero amanhã de noite, às oito horas, na rua... não... atrás da Igreja de Santa Cecília. Mas que ela vá sozinha, hein? Sem você. O barbeirinho também pode ficar em casa.

— Barbeirinho nada! Entregador da Casa Clark!

— É a mesma cousa. Não se esqueça do recado. Amanhã, às oito horas, atrás da igreja.

— Vá saindo que pode vir gente conhecida.

Também o grilo já havia apitado.

— Ele falou com você. Pensa que eu não vi? O Ângelo também viu. Ficou danado.

— Que me importa? O caixa-d'óculos disse que espera você amanhã de noite, às oito horas, no Largo Santa Cecília. Atrás da igreja.

— Que é que ele pensa? Eu não sou dessas. Eu não!

— Que fita, Nossa Senhora! Ele gosta de você, sua boba.

— Ele disse?

— Gosta pra burro.

— Não vou na onda.

— Que fingida que você é!

— *Ciao.*

— *Ciao.*

Antes de se estender ao lado da irmãzinha na cama de ferro Carmela abre o romance à luz da lâmpada de 16 velas: *Joana a Desgraçada ou A Odisséia de uma Virgem,* fascículo 2º.

Percorre logo as gravuras. Umas tetéias. A da capa então é linda mesmo. No fundo o imponente castelo. No primeiro plano a íngreme ladeira que conduz ao castelo. Descendo a ladeira numa disparada louca o fogoso ginete. Montado no ginete o apaixonado caçula do castelão inimigo de capacete prateado com plumas brancas. E atravessada no cachaço do ginete a formosa donzela desmaiada entregando ao vento os cabelos cor de carambola.

Quando Carmela reparando bem começa a verificar que o castelo não é mais um castelo mas uma igreja o tripeiro Giuseppe Santini berra no corredor:

— *Spegni la luce! Subito! Mi vuole proprio rovinare questa principessa!*

E — raatá! — uma cusparada daquelas.

— Eu só vou até a esquina da Alameda Glette. Já vou avisando.

— Trouxa. Que tem?

No Largo Santa Cecília atrás da igreja o caixa-d'óculos sem tirar as mãos do volante insiste pela segunda vez:

— Uma voltinha de cinco minutos só... Ninguém nos verá. Você verá. Não seja má. Suba aqui.

Carmela olha primeiro a ponta do sapato esquerdo, depois a do direito, depois a do esquerdo de novo, depois a do direito outra vez, levantando e descendo a cinta. Bianca rói as unhas.

— Só com a Bianca...

— Não. Para quê? Venha você sozinha.

— Sem a Bianca não vou.

— Está bem. Não vale a pena brigar por isso. Você vem aqui na frente comigo. A Bianca senta atrás.

— Mas cinco minutos só. O senhor falou...

— Não precisa me chamar de senhor. Entrem depressa.

Depressa o Buick sobe a Rua Viridiana.

Só pára no Jardim América.

Bianca no domingo seguinte encontra Carmela raspando a penugenzinha que lhe une as sobrancelhas com a navalha denticulada do tripeiro Giuseppe Santini.

– Xi, quanta cousa pra ficar bonita!

– Ah! Bianca, eu quero dizer uma cousa pra você.

– Que é?

– Você hoje não vai com a gente no automóvel. Foi ele que disse.

– Pirata!

– Pirata por quê? Você está ficando boba, Bianca.

– É. Eu sei porque. Piratão. E você, Carmela, sim senhora! Por isso é que o Ângelo me disse que você está ficando mesmo uma vaca.

– Ele disse assim? Eu quebro a cara dele, hein? Não me conhece.

– Pode ser, não é? Mas namorado de máquina não dá certo mesmo.

Saem à rua suja de negras e cascas de amendoim. No degrau de cimento ao lado da mulher Giuseppe Santini torcendo a belezinha do queixo cospe e cachimba, cachimba e cospe.

– Vamos dar uma volta até a Rua das Palmeiras, Bianca?

– *Andiamo.*

Depois que os seus olhos cheios de estrabismo e despeito vêem a lanterninha traseira do Buick desaparecer, Bianca resolve dar um giro pelo bairro. Imaginando cousas. Roendo as unhas. Nervosíssima.

Logo encontra a Ernestina. Conta tudo à Ernestina.

– E o Ângelo, Bianca?

– O Ângelo? O Ângelo é outra cousa. É pra casar.
– Hã!...

Tiro-de-Guerra Nº 35

No Grupo Escolar da Barra Funda Aristodemo Guggiani aprendeu em três anos a roubar com perfeição no jogo de bolinhas (garantindo o tostão para o sorvete) e ficou sabendo na ponta da língua que o Brasil foi descoberto sem querer e é o país maior, mais belo e mais rico do mundo. O professor Seu Serafim todos os dias ao encerrar as aulas limpava os ouvidos com o canivete (brinde do Chalé da Boa Sorte) e dizia olhando o relógio:

– Antes de nos separarmos, meus jovens discentes, meditemos uns instantes no porvir da nossa idolatrada pátria.

Depois regia o hino nacional. Em seguida o da bandeira. O pessoal entoava os dois engolindo metade das estrofes. Aristodemo era a melhor voz da classe. Berrando puxava o coro. A campainha tocava. E o pessoal desembestava pela Rua Albuquerque Lins vaiando Seu Serafim.

Saiu do Grupo e foi para a oficina mecânica do cunhado. Fumando *Bentevi* e cantando a *Caraboo.* Mas sobretudo com muita malandrice. Entrou para o Juvenil Flor de Prata F. C. (fundado para matar o Juvenil Flor de Ouro F. C.). Reserva do primeiro quadro. Foi expulso por falta de pagamento. Esperou na esquina o tesoureiro. O tesoureiro não apareceu. Estreou as calças compridas no casamento da irmã mais moça (sem contar a Joaninha). Amou a Josefina. Apanhou do primo da Josefina. Jurou vingança. Ajudou a empastelar o *Fanfulla* que falou mal do Brasil. Teve ambições. Por exemplo: artista do Circo Queirolo. Quase morreu afogado no Tietê.

E fez vinte anos no dia chuvoso em que a Tina (namorada do Lingüiça) casou com um chofer de praça na polícia.

Então brigou com o cunhado. E passou a ser cobrador da Companhia Autoviação Gabrielle d'Annunzio. De farda amarela e polainas vermelhas.

Sua linha: Praça do Patriarca–Lapa. Arranjou logo uma pequena. No fim da Rua das Palmeiras. Ela vinha à janela ver o Aristodemo passar. O Evaristo era quem avisava por camaradagem tocando o cláxon do ônibus verde. Aristodemo ficava olhando para trás até o Largo das Perdizes.

E não queria mesmo outra vida.

Um dia porém na seção "Colaboração das Leitoras" publicou *A Cigarra* as seguintes linhas de *M*[lle] Miosótis sob o título de *Indiscrições da Rua das Palmeiras.*

> "*Por que será que o jovem A. G. não é mais visto todos os dias entre vinte e vinte e uma horas da noite no portão da casa da linda Senhorinha F. R. em doce colóquio de amor? A formosa Julieta anda inconsolável! Não seja assim tão mauzinho, Seu A. G.! Olhe que a ingratidão mata...*"

Fosse *M*[lle] Miosótis (no mundo Benedita Guimarães, aluna mulata da Escola Complementar Caetano de Campos) indagar do paradeiro de Aristodemo entre os jovens defensores da pátria.

E saberia então que Aristodemo Guggiani para se livrar do sorteio ostentava agora a farda nobilitante de soldado do Tiro-de-Guerra nº 35.

— Companhia! Per... filar!

No Largo Municipal o pessoal evoluía entre as cadeiras do bar e as costas protofônicas de Carlos Gomes para divertimento dos desocupados parados aos montinhos aqui, ali, à direita, à esquerda, lá, atrapalhando.

— Meia volta! Vol... ver!

O sargento cearense clarinava as ordens de comando. Puxando pela rapaziada.

— Não está bom não! Vamos repetir isso sem avexame!

De novo não prestou.

— Firme!

Pareciam estacas.

— Meia volta!

Tremeram.

— Vol... ver!

Volveram.

— Abém!

Aristodemo era o base da segunda esquadra.

Sargento Aristóteles Camarão de Medeiros, natural de São Pedro do Cariri, quando falava em honra da farda, deveres do soldado e grandeza da pátria arrebatava qualquer um.

Aristodemo só de ouvi-lo ficou brasileiro jacobino. Aristóteles escolheu-o para seu ajudante-de-ordens. Uma espécie de.

— Você conhece o hino nacional, criatura?

— Puxa, se conheço, Seu Sargento!

— Então você não esquece, não? Traz amanhã umas cópias dele para o pessoal ensaiar para o Sete de Setembro? Abom.

Aristodemo deu folga no serviço. Também levou um colosso de cópias.

E o primeiro ensaio foi logo à noite.

Ou-viram do I-piranga as margens plá-cidas...

— Parem que assim não presta não! Falta patriotismo. Vocês nem parecem brasileiros. Vamos!

Ou-viram do I-piranga as margens plácidas
Da Inde-pendência o brado re-tumbante!

— Não é assim não. Retumbante tem que estalar, criaturas, tem que retumbar! É palavra... como é que se diz mesmo?... é palavra... ah!... onomatopaica: RETUMBANTE!

E o hino rolou ribombando:

... da Inde-pendência o brado re-TUMBAN-te!
E o sol da li-berdade em raios ful...

De repente um barulho na segunda esquadra.

— Que esbregue é esse aí, criaturas?

Esbregue danado. O alemãozinho levou um tabefe de estilo. Onde entrou todo o muque de que pôde dispor na hora o Aristodemo.

— Está suspenso o ensaio. Podem debandar.

— Eu dei mesmo na cara dele, Seu Sargento. Por Deus do céu! Um bruto tapa mesmo. O desgraçado estava escachando com o hino do Brasil!

— Que é que você está me dizendo, Aristodemo?

— Escachando, Seu Sargento. Pode perguntar para qualquer um da esquadra. Em vez de cantar ele dava risada da gente. Eu fui me deixando ficar com raiva e disse pra ele que ele tinha obrigação de cantar junto com a gente também. Ele foi e respondeu que não cantava porque não era brasileiro. Eu fui e disse que se ele não era brasileiro é porque então era... um... eu chamei ele de... eu ofendi a mãe dele, Seu Sargento! Ofendi mesmo. Por Deus do céu. Então ele disse que a mãe dele não era brasileira para ele ser... o que eu disse. Então eu fui, Seu Sargento, achei que era demais e estraguei com a cara do desgraçado! Ali na hora.

— Vou ouvir as testemunhas do fato, Aristodemo. Depois procederei como for de justiça. *Fiat justitia*, como diziam os antigos romanos. Confie nela, Aristodemo.

"Ordem do Dia

De conformidade com o ordenado pelo Ex.mo Sr. Dr. Presidente deste Tiro-de-Guerra e depois de ouvir seis testemunhas oculares e auditivas acerca do deplorável fato ontem acontecido nesta sede do qual resultou levar uma lapada na face direita o inscrito Guilherme Schwertz, nº 81, comunico que fica o citado inscrito Guilherme Schwertz, nº 81, desligado das fileiras do Exército, digo, deste Tiro-de-Guerra, visto ter-se mostrado indigno de ostentar a farda gloriosa de soldado nacional pelas injúrias infamérrimas que ousou levantar contra a honra imaculada da mulher brasileira e principalmente da Mãe, acrescendo que cometeu semelhante ato delituoso contra a honra nacional no momento sagrado em que se cantava nesta sede o nosso imortal hino nacional. Comunico também que por necessidade de disciplina, que é o alicerce em que se firma toda corporação militar, o inscrito Aristodemo Guggiani, nº 117, único responsável pela lapada acima referida acompanhada de equimoses graves, fica suspenso por um dia a partir desta data. Dura lex sed lex. *Aproveito porém no entretanto a feliz oportunidade para apontar como exemplo o supracitado inscrito Aristodemo Guggiani, nº 117, que deve ser seguido sob o ponto de vista do patriotismo, embora com menos violência apesar da limpeza, digo, da limpidez das intenções.*

Aproveito ainda a oportunidade para declarar que fica expressamente proibido no pátio desta sede o jogo de futebol. Aqui só devemos cuidar da defesa da Pátria!

São Paulo, 23 de agosto de 1926.
(a) Sargento-Inspetor Aristóteles
Camarão de Medeiros."

Aristodemo Guggiani logo depois apresentou sua demissão do cargo de cobrador da Companhia Autoviação Gabrielle d'Annunzio. Sob aplausos e a conselho do Sargento Aristóteles Camarão de Medeiros. Trabalha agora na Sociedade de Transportes Rui Barbosa, Ltda.

Na mesma linha: Praça do Patriarca–Lapa.

Amor e Sangue

Sua impressão: a rua é que andava, não ele. Passou entre o verdureiro de grandes bigodes e a mulher de cabelo despenteado.

– Vá roubar no inferno, Seu Corrado!

Vá sofrer no inferno, Seu Nicolino! Foi o que ele ouviu de si mesmo.

– Pronto! Fica por quatrocentão.

– Mas é tomate podre, Seu Corrado!

Ia indo na manhã. A professora pública estranhou aquele ar tão triste. As bananas na porta da QUITANDA TRIPOLI ITALIANA eram de ouro por causa do sol. O Ford derrapou, maxixou, continuou bamboleando. E as chaminés das fábricas apitavam na Rua Brigadeiro Machado.

Não adiantava nada que o céu estivesse azul porque a alma de Nicolino estava negra.

– Ei, Nicolino! NICOLINO!

– Que é?

– Você está ficando surdo, rapaz! A Grazia passou agorinha mesmo.

– Des-gra-ça-da!

– Deixa de fita. Você joga amanhã contra o Esmeralda?

– Não sei ainda.

– Não sabe? Deixa de fita, rapaz! Você...

– *Ciao.*

– Veja – lá, hein! Não vá tirar o corpo na hora. Você é a garantia da defesa.

A desgraçada já havia passado.

AO BARBEIRO SUBMARINO.

BARBA: 300 RÉIS. CABELO: 600 RÉIS.

SERVIÇO GARANTIDO.

– Bom dia!

Nicolino Fior d'Amore nem deu resposta. Foi entrando, tirando o paletó, enfiando outro branco, se sentando no fundo à espera dos fregueses. Sem dar confiança. Também Seu Salvador nem ligou.

A navalha ia e vinha no couro esticado.

– São Paulo corre hoje! É o cem contos!

O Temístocles da Prefeitura entrou sem colarinho.

– Vamos ver essa barba muito bem feita! Ai, ai! Calor pra burro. Você leu no *Estado* o crime de ontem, Salvador? Banditismo indecente.

– Mas parece que o moço tinha razão de matar a moça.

– Qual tinha razão nada, seu! Bandido! Drama de amor cousa nenhuma. E amanhã está solto. Privações de sentidos. Júri indecente, meu Deus do céu! Salvador, Salvador... – cuidado aí que tem uma espinha –... este país está perdido!

– Todos dizem.

Nicolino fingia que não estava escutando. E assobiava a *Scugnizza.*

As fábricas apitavam.

Quando Grazia deu com ele na calçada abaixou a cabeça e atravessou a rua.

– Espera aí, sua fingida.

– Não quero mais falar com você.

– Não faça mais assim pra mim, Grazia. Deixa que eu vá com você. Estou ficando louco, Grazia. Escuta. Olha, Grazia! Grazia! Se você não falar mais comigo eu me mato mesmo. Escuta. Fala alguma cousa por favor.

– Me deixa! Pensa que eu sou aquela fedida da Rua Cruz Branca?

– O quê?

– É isso mesmo.

E foi almoçar correndo.

Nicolino apertou o fura-bolos entre os dentes.

As fábricas apitavam.

Grazia ria com a Rosa.

– Meu irmão foi e deu uma bruta surra na cara dele.

– Bem feito! Você é uma danada, Rosa. Xi!...

Nicolino deu um pulo monstro.

– Você não quer mesmo mais falar comigo, sua desgraçada?

– Desista!

— Mas você me paga, sua desgraçada!
— NÃ-Ã-O!
A punhalada derrubou-a.
— Pega! PEGA! PEGA!

— Eu matei ela porque estava louco, Seu Delegado!
Todos os jornais registraram essa frase que foi dita chorando.

Eu estava louco,
Seu delegado! — *Bis*
Matei por isso,
Sou um desgraçado!

O estribilho do ASSASSINO POR AMOR *(Canção da atualidade para ser cantada com* a *música do* "FUBÁ", letra de Spartaco Novais Panini) causou furor na zona.

A Sociedade

— Filha minha não casa com filho de carcamano!
A esposa do Conselheiro José Bonifácio de Matos e Arruda disse isso e foi brigar com o italiano das batatas. Teresa Rita misturou lágrimas com gemidos e entrou no seu quarto batendo a porta. O Conselheiro José Bonifácio limpou as unhas com o palito, suspirou e saiu de casa abotoando o fraque.

O esperado grito do cláxon fechou o livro de Henri Ardel e trouxe Teresa Rita do escritório para o terraço.

O Lancia passou como quem não quer. Quase parando. A mão enluvada cumprimentou com o chapéu Borsalino. Uiiiiia—uiiiiia! Adriano Melli calcou o acelerador. Na primeira esquina fez a curva. Veio voltando. Passou de novo. Continuou. Mais duzentos metros. Outra curva. Sempre na mesma rua. Gostava dela. Era a Rua da Liberdade. Pouco antes do número 259-C já sabe: uiiiiia-uiiiiia!

— O que você está fazendo aí no terraço, menina?

— Então nem tomar um pouco de ar eu posso mais?

Lancia Lambda, vermelhinho, resplendente, pompeando na rua. Vestido do Camilo, verde, grudado à pele, serpejando no terraço.

— Entre já para dentro ou eu falo com seu pai quando ele chegar!

— Ah meu Deus, meu Deus, que vida, meu Deus!

Adriano Melli passou outras vezes ainda. Estranhou. Desapontou. Tocou para a Avenida Paulista.

Na orquestra o negro de casaco vermelho afastava o saxofone da beiçorra para gritar:

Dizem que Cristo nasceu em Belém...

Porque os pais não a haviam acompanhado (abençoado furúnculo inflamou o pescoço do Conselheiro José Bonifácio) ela estava achando um suco aquela vesperal do Paulistano. O namorado ainda mais.

Os pares dançarinos maxixavam colados. No meio do salão eram um bolo tremelicante. Dentro do círculo palerma de mamãs, moças feias e moços enjoados. A orquestra preta tonitroava. Alegria de vozes e sons. Palmas contentes prolongaram o maxixe. O banjo é que ritmava os passos.

— Sua mãe me fez ontem uma desfeita na cidade.

— Não!

— Como não? Sim senhora. Virou a cara quando me viu.

... mas a história se enganou!

As meninas de ancas salientes riam porque os rapazes contavam episódios de farra muito engraçados. O professor da Faculdade de Direito citava Rui Barbosa para um sujeitinho de óculos. Sob a vaia do saxofone: tururuĺru-tururururum!

— Meu pai quer fazer um negócio com o seu.

— Ah sim?

Cristo nasceu na Bahia, meu bem...

O sujeitinho de óculos começou a recitar Gustave Le Bon mas a destra espalmada do catedrático o engasgou. Alegria de vozes e sons.

... e o baiano criou!

— Olhe aqui, Bonifácio: se esse carcamano vem pedir a mão de Teresa para o filho, você aponte o olho da rua para ele, compreendeu?

— Já sei, mulher, já sei.

Mas era cousa muito diversa.

O *Cav. Uff.* Salvatore Melli alinhou algarismos torcendo a bigodeira. Falou como homem de negócios que enxerga longe. Demonstrou cabalmente as vantagens econômicas de sua proposta.

— O doutor...

— Eu não sou doutor, Senhor Melli.

— *Parlo* assim para facilitar. *Non* é para ofender. *Primo* o doutor pense bem. E *poi* me dê a sua resposta. *Domani, dopo domani,* na outra semana, quando quiser. *Io resto* à sua disposição. *Ma* pense bem!

Renovou a proposta e repetiu os argumentos pró. O conselheiro possuía uns terrenos em São Caetano. Cousas de herança. Não lhe davam renda alguma. O *Cav. Uff.* tinha a sua fábrica ao lado. 1.200 teares. 36.000 fusos. Constituíam uma sociedade. O conselheiro entrava com os terrenos. O *Cav. Uff.* com o capital. Arruavam os trinta alqueires e vendiam logo grande parte para os operários da fábrica. Lucro certo, mais que certo, garantidíssimo.

– É. Eu já pensei nisso. Mas sem capital o senhor compreende é impossível...

– *Per Bacco,* doutor! Mas *io* tenho o capital. O capital *sono io.* O doutor entra com o terreno, mais nada. E o lucro se divide no meio.

O capital acendeu um charuto. O conselheiro coçou os joelhos disfarçando a emoção. A negra de broche serviu o café.

– *Dopo* o doutor me dá a resposta. Io só digo isto: pense bem.

O capital levantou-se. Deu dois passos. Parou. Meio embaraçado. Apontou para um quadro.

– Bonita pintura.

Pensou que fosse obra de italiano. Mas era de francês.

– *Francese?* Não é feio *non.* Serve.

Embatucou. Tinha qualquer cousa. Tirou o charuto da boca, ficou olhando para a ponta acesa. Deu um balanço no corpo. Decidiu-se.

– Ia *dimenticando* de dizer. O meu filho fará o gerente da sociedade... Sob a minha direção, *si capisce.*

– Sei, sei... O seu filho?

– *Si.* O Adriano. O doutor... *mi pare... mi pare* que conhece ele?

O silêncio do conselheiro desviou os olhos do *Cav. Uff.* na direção da porta.

— Repito *un'altra* vez: o doutor pense bem.

O Isotta Fraschini esperava-o todo iluminado.

— E então? O que devo responder ao homem?

— Faça como entender, Bonifácio...

— Eu acho que devo aceitar.

— Pois aceite...

E puxou o lençol.

A outra proposta foi feita de fraque e veio seis meses depois.

O Conselheiro José Bonifácio
de Matos e Arruda
e
senhora
têm a honra de participar a
V. Exª e Ex.ᵐᵃ família o
contrato de casamento de sua
filha Teresa Rita com o Sr.
Adriano Melli.
Rua da Liberdade, nº 259-C.

O Cav. Uff. Salvatore Melli
e
senhora
têm a honra de participar
a V. Exª e Ex.ᵐᵃ família o
contrato de casamento de seu
filho Adriano com a
Senhorinha Teresa Rita de
Matos Arruda.
Rua da Barra Funda, nº 427.

S. Paulo, 19 de fevereiro de 1927.

No chá do noivado o *Cav. Uff.* Melli na frente de toda a gente recordou à mãe de sua futura nora os bons tempinhos em que lhe vendia cebolas e batatas, Olio di Lucca e bacalhau português, quase sempre fiado e até sem caderneta.

Lisetta

Quando Lisetta subiu no bonde (o condutor ajudou) viu logo o urso. Felpudo, felpudo. E amarelo. Tão engraçadinho.

Dona Mariana sentou-se, colocou a filha em pé diante dela.

Lisetta começou a namorar o bicho. Pôs o pirulito de abacaxi na boca. Pôs mas não chupou. Olhava o urso. O urso não ligava. Seus olhinhos de vidro não diziam absolutamente nada. No colo da menina de pulseira de ouro e meias de seda parecia um urso importante e feliz.

– Olha o ursinho que lindo, mamãe!

– *Stai zitta!*

A menina rica viu o enlevo e a inveja da Lisetta. E deu de brincar com o urso. Mexeu-lhe com o toquinho do rabo: e a cabeça do bicho virou para a esquerda, depois para a direita, olhou para cima, depois para baixo. Lisetta acompanhava a manobra. Sorrindo fascinada. E com um ardor nos olhos! O pirulito perdeu definitivamente toda a importância.

Agora são as pernas que sobem e descem, cumprimentam, se cruzam, batem umas nas outras.

– As patas também mexem, mamãe. Olha lá!

– *Stai ferma!*

Lisetta sentia um desejo louco de tocar no ursinho. Jeitosamente procurou alcançá-lo. A menina rica percebeu, encarou a coitada com raiva, fez uma careta horrível e apertou contra o peito o bichinho que custara cinqüenta mil-réis na Casa São Nicolau.

— Deixa pegar um pouquinho, um pouquinho só nele, deixa?

— Ah!

— *Scusi,* senhora. Desculpe por favor. A senhora sabe, essas crianças são muito levadas. *Scusi.* Desculpe.

A mãe da menina rica não respondeu. Ajeitou o chapeuzinho da filha, sorriu para o bicho, fez uma carícia na cabeça dele, abriu a bolsa e olhou o espelho.

Dona Mariana, escarlate de vergonha, murmurou no ouvido da filha:

— *In* casa me *lo pagherai!*

E pespegou por conta um beliscão no bracinho magro. Um beliscão daqueles.

Lisetta então perdeu toda a compostura de uma vez. Chorou. Soluçou. Chorou. Soluçou. Falando sempre.

— Hã! Hã! Hã! Hã! Eu que... ro o ur...so! O ur... so! Ai, mamãe! Ai, mamãe! Eu que... ro o... o... o... Hã! Hã!

— *Stai ferma o ti amazzo, parola d'onore!*

— Um pou... qui... nho só! Hã! E... hã! E... hã! Um pou... qui...

— *Senti,* Lisetta. *Non ti porterò più in città! Mai più!*

Um escândalo. E logo no banco da frente. O bonde inteiro testemunhou o feio que Lisetta fez.

O urso recomeçou a mexer com a cabeça. Da esquerda para a direita, para cima e para baixo.

— *Non piangere più adesso!*

Impossível.

O urso lá se fora nos braços da dona. E a dona só de má, antes de entrar no palacete estilo empreiteiro português, voltou-se e agitou no ar o bichinho. Para Lisetta ver. E Lisetta viu.

Dem-dem! O bonde deu um solavanco, sacudiu os passageiros, deslizou, rolou, seguiu. Dem-dem!

— Olha à direita!

Lisetta como compensação quis sentar-se no banco. Dona Mariana (havia pago uma passagem só) opôs-se com energia e outro beliscão.

A entrada de Lisetta em casa marcou época na história dramática da família Garbone.

Logo na porta um safanão. Depois um tabefe. Outro no corredor. Intervalo de dois minutos. Foi então a vez das chineladas. Para remate. Que não acabava mais.

O resto da gurizada (narizes escorrendo, pernas arranhadas, suspensórios de barbante) reunido na sala de jantar sapeava de longe.

Mas o Ugo chegou da oficina.

— Você assim machuca a menina, mamãe! Coitadinha dela!

Também Lisetta já não agüentava mais.

— Toma pra você. Mas não escache.

Lisetta deu um pulo de contente. Pequerrucho. Pequerrucho e de lata. Do tamanho de um passarinho. Mas urso.

Os irmãos chegaram-se para admirar. O Pasqualino quis logo pegar no bichinho. Quis mesmo tomá-lo à força. Lisetta berrou como uma desesperada:

— Ele é meu! O Ugo me deu!

Correu para o quarto. Fechou-se por dentro.

Corinthians (2) *vs.* Palestra (1)

Prrrrii!

— Aí, Heitor!

A bola foi parar na extrema esquerda. Melle desembestou com ela. A arquibancada pôs-se em pé. Conteve a respiração. Suspirou:

— Aaaah!

Miquelina cravava as unhas no braço gordo da Iolanda. Em torno do trapézio verde a ânsia de vinte mil pessoas. De olhos ávidos. De nervos elétricos. De preto. De branco. De azul. De vermelho.

Delírio futebolístico no Parque Antártica.

Camisas verdes e calções negros corriam, pulavam, chocavam-se, embaralhavam-se, caíam, contorcionavam-se, esfalfavam-se, brigavam. Por causa da bola de couro amarelo que não parava, que não parava um minuto, um segundo. Não parava.

— Neco! Neco!

Parecia um louco. Driblou. Escorregou. Driblou. Correu. Parou. Chutou.

— Gooool! Gooool!

Miquelina ficou abobada com o olhar parado. Arquejando.

Achando aquilo um desaforo, um absurdo.

Aleguá-guá-guá! Aleguá-guá-guá! Hurra! Hurra! Corinthians!

Palhetas subiram no ar. Com os gritos. Entusiasmos rugiam. Pulavam. Dançavam. E as mãos batendo nas bocas:

— Go-o-o-o-o-o-ol!

Miquelina fechou os olhos de ódio.

— Corinthians! Corinthians!

Tapou os ouvidos.

— Já me estou deixando ficar com raiva!

A exaltação decresceu como um trovão.

— O Rocco é que está garantindo o Palestra. Aí, Rocco! Quebra eles sem dó!

A Iolanda achou graça. Deu risada.

— Você está ficando maluca, Miquelina. Puxa! Que bruta paixão!

Era mesmo. Gostava do Rocco, pronto. Deu o fora no Biagio (o jovem e esperançoso esportista Biagio Panaiocchi, diligente auxiliar da firma desta praça G. Gasparoni & Filhos e denodado meiadireita do S. C. Corinthians Paulista, campeão do Centenário) só por causa dele.

— Juiz ladrão, indecente! Larga o apito, gatuno!

Na Sociedade Beneficente e Recreativa do Bexiga toda a gente sabia de sua história com o Biagio. Só porque ele era freqüentador dos bailes dominicais da Sociedade não pôs mais os pés lá. E passou a torcer para o Palestra. E começou a namorar o Rocco.

— O Palestra não dá pro pulo!

— Fecha essa latrina, seu burro!

Miquelina ergueu-se na ponta dos pés. Ergueu os braços. Ergueu a voz:

— Centra, Matias! Centra, Matias!

Matias centrou. A assistência silenciou. Imparato emendou. A assistência berrou.

— Palestra! Palestra! Aleguá-guá! Palestra! Aleguá! Aleguá!

O italianinho sem dentes com um soco furou a palheta Ramenzoni de contentamento. Miquelina nem podia falar. E o menino de ligas saiu de seu lugar, todo ofegante, todo vermelho, todo triunfante, e foi dizer para os primos corinthianos na última fileira da arquibancada:

— Conheceram, seus canjas?

O campo ficou vazio.

— O'... lh'a gasosa!

Moças comiam amendoim torrado sentadas nas capotas dos automóveis. A sombra avançava no gramado maltratado. Mulatas de vestidos azuis ganhavam beliscões. E riam. Torcedores discutiam com gestos.

— O'... lh'a gasosa!

Um aeroplano passeou sobre o campo.

Miquelina mandou pelo irmão um recado ao Rocco.

— Diga pra ele quebrar o Biagio que é o perigo do Corinthians.

Filipino mergulhou na multidão.

Palmas saudaram os jogadores de cabelos molhados.

Prrrrii!

— O Rocco disse pra você ficar sossegada.

Amílcar deu uma cabeçada. A bola foi bater em Tedesco que saiu correndo com ela. E a linha toda avançou.

— Costura, macacada!

Mas o juiz marcou um impedimento.

— Vendido! Bandido! Assassino!

Turumbamba na arquibancada. O refle do sargento subiu a escada.

– Não pode! Põe pra fora! Não pode!

Turumbamba na geral. A cavalaria movimentou-se.

Miquelina teve medo. O sargento prendeu o palestrino. Miquelina protestou baixinho:

– Nem torcer a gente pode mais! Nunca vi!

– Quantos minutos ainda?

– Oito.

Biagio alcançou a bola. Aí, Biagio! Foi levando, foi levando. Assim, Biagio! Driblou um. Isso! Fugiu de outro. Isso! Avançava para a vitória. Salame nele, Biagio! Arremeteu. Chute agora! Parou. Disparou. Parou. Aí! Reparou. Hesitou. Biagio! Biagio! Calculou. Agora! Preparou-se. Olha o Rocco! É agora. Aí! Olha o Rocco! Caiu.

– CA-VA-LO!

Prrrrii!

– Pênalti!

Miquelina pôs a mão no coração. Depois fechou os olhos. Depois perguntou:

– Quem é que vai bater, Iolanda?

– O Biagio mesmo.

– Desgraçado.

O medo fez silêncio.

Prrrrii!

Pan!

– Go-o-o-o-ol! Corinthians!

– Quantos minutos ainda?

Pri-pri-pri!

– Acabou, Nossa Senhora!

Acabou.

As árvores da geral derrubaram gente.

— Abr'a porteira! Rá! Fech'a porteira! Prá!

O entusiasmo invadiu o campo e levantou o Biagio nos braços.

— Solt'o rojão! Fiu! Rebent'a bomba! Pum! CORINTHIANS!

O ruído dos automóveis festejava a vitória. O campo foi-se esvaziando como um tanque. Miquelina murchou dentro de sua tristeza.

— Que é—que é? É jacaré? Não é!

Miquelina nem sentia os empurrões.

— Que é—que é? É tubarão? Não é!

Miquelina não sentia nada.

— Então que é? CORINTHIANS!

Miquelina não vivia.

Na Avenida Água Branca os bondes formando cordão esperavam campainhando o zé-pereira.

— Aqui, Miquelina.

Os três espremeram-se no banco onde já havia três. E gente no estribo. E gente na coberta. E gente nas plataformas. E sente do lado da entrevia.

A alegria dos vitoriosos demandou a cidade. Berrando, assobiando e cantando. O mulato com a mão no guindaste é quem puxava a ladainha:

— O Palestra levou na testa!

E o pessoal entoava:

— *Ora pro nobis!*

Ao lado de Miquelina o gordo de lenço no pescoço desabafou:

— Tudo culpa daquela besta do Rocco!

Ouviu, não é Miquelina? Você ouviu?

– Não liga pra esses trouxas, Miquelina.

Como não liga?

– O Palestra levou na testa!

Cretinos.

– *Ora pro nobis!*

Só a tiro.

– Diga uma cousa, Iolanda. Você vai hoje na Sociedade?

– Vou com o meu irmão.

– Então passa por casa que eu também vou.

– Não!

– Que bruta admiração! Por que não?

– E o Biagio?

– Não é de sua conta.

Os pingentes mexiam com as moças de braço dado nas calçadas.

Notas Biográficas do Novo Deputado

O coronel recusou a sopa.

– Que é isso, Juca? Está doente?

O coronel coçou o queixo. Revirou os olhos. Quebrou um palito. Deu um estalo com a língua.

– Que é que você tem, homem de Deus?

O coronel não disse nada. Tirou uma carta do bolso de dentro. Pôs os óculos. Começou a ler:

Ex.mo Sr. Coronel Juca.

— De quem é?

— Do administrador da Santa Inácia.

— Já sei. Geada?

— Escute. *Ex.mo Snr. Coronel Juca. Respeitosas Saudações. Em primeiro lugar Saudo-vos. V. E.cia e D. Nequinha. Coronel venho por meio desta respeitosamente comunicar para V. E. que o cafezal novo agradeceu bastante as chuvarada desta semana."* E tal e tal e tal. *Me acho doente diversos incomodos divido o serviço.*

— Coitado.

— Mas não é isso. *O Major Domingo Neto mandou buscar a vacca...* Oh senhor! Não acho...

— Na outra página, Juca.

— Está aqui. Vá escutando. *Em último lugar vos communico que o seu comprade João Intaliano morreu...*

— Meu Deus, não diga?!

— ... *morreu segunda que passou de uma anemia nos rim: Por esses motivos recolhi em casa o vosso afilhado e orpham Gennarinho. Pesso para V. E. que me mande dizer o distino,* e tal. E agora, mulher?

Dona Nequinha suspirou. Bebeu um gole de água. Mandou levar a sopa.

— E então?

Dona Nequinha passou a língua nos lábios. Levantou a tampa da farinheira. Arranjou o virote.

— E então? Que é que eu respondo?

Dona Nequinha pensou. Pensou. Pensou. E depois:

— Vamos pensar bem primeiro, Juca. Não coma o torresmo que faz mal. Amanhã você responde. E deixe-se de extravagâncias.

Gennarinho desceu na estação da Sorocabana com o nariz escorrendo. Todo chibante. De chapéu vermelho. Bengalinha na mão. Rebocado pelo filho mais velho do administrador. E com uma carta para o Coronel J. Peixoto de Faria.

Tomou o coche Hudson que estava à sua espera. Veio desde a estação até a Avenida Higienópolis com a cabeça para fora do automóvel soltando cusparadas. Apertou o dedo no portão. Disse uma palavra feia. Subiu as escadas berrando.

— Tire o chapéu.

Tirou.

— Diga boa-noite.

Disse.

— Beije a mão dos padrinhos.

Beijou.

— Limpe o nariz.

Limpou com o chapéu.

— Pronto, Nhãzinha. A telefonista cortou. Chegou anteontem. Espertinho como ele só. Nem você imagina. Tem nove anos. É sim. Crescidinho. Juca ficou com dó dele. Pois é. Coitadinho. Imagine. Pois é. Faz de conta que é um filho. Já estou querendo bem mesmo. Gennarinho. O quê? É sim. Nome meio esquisito. Também acho. O Juca está que não pode mais de satisfeito. Ele que sempre desejou ter tanto um filho, não é? Pois então. Nasceu no Brás. O pai era não sei o quê. Estava na fazenda há cinco anos já. Bom, Nhãzinha. O Juca está me chamando. Beijos na Marianinha. Obrigada. O mesmo. Até amanhã. Ah! Ah! Ah! Imagine! Nesta idade!... Até amanhã, Nhãzinha. Que é que você queria, Juca?

— Agora é tarde. Você não sabe o que perdeu.

— O Gennarinho, é?

— Diabinho de menino! Querendo a toda força levantar a saia da Atsué.

— Mas isso não está direito, Juca. Vou já e já...

— É. Direito não está mesmo. Mas é engraçado.

— ... dar uns tapas nele.

— Não faça isso, ora essa! Dar à toa no menino!

— Não é à toa, Juca.

— Bom. Então dê. Olhe aqui: eu mesmo dou, sabe? Eu tenho mais jeito.

Um dia na mesa o coronel implicou:

— Esse negócio de Gennarinho não está certo. Gennarinho não é nome de gente. Você agora passa a se chamar Januário que é a tradução. Eu já indaguei. Ouviu? Eta menino impossível! Sente-se já aí direito! Você passa a se chamar Januário. Ouviu?

— Ouvi.

— Não é assim que se responde. Diga sem se mexer na cadeira: Ouvi, sim senhor.

— Ouvi, sim senhor coronel!

Dona Nequinha riu como uma perdida. Da resposta e da continência.

Uma noite na cama Dona Nequinha perguntou:

— Juca: você já pensou no futuro do menino?

O coronel estava dorme não dorme. Respondeu bocejando:

— Já-á-á!...

— Que é que você resolveu?

O coronel levou um susto.

— O quê? Resolveu o quê?

— O futuro do menino, homem de Deus!

— Hã!...

— Responda.

O coronel coçou primeiro o pescoço.

— Para falar a verdade, Nequinha, ainda não resolvi nada.

O suspiro desanimado da consorte foi um protesto contra tamanha indecisão.

— Mas você não há de querer que ele cresça um vagabundo, eu espero.

— Pois está visto que não quero.

Aproveitando o silêncio o despertador bateu mais forte no criado-mudo. Dona Nequinha ajeitou o travesseiro. São José dentro de sua redoma espiou o vôo de dois pernilongos.

— Eu acho que... Apague a luz que está me incomodando.

— Pronto. Acho o quê?

— Eu acho que a primeira cousa que se deve fazer é meter o menino num colégio.

— Num colégio de padres.

— É.

— Eu sou católica. Você também é. O Januário também será.

— Muito bem...

— Você parece que está dizendo isso assim sem muito entusiasmo...

Era sono.

— Amanhã-ã-ã... ai! ai!... nós vemos isso direito, Nequinha...

Até o coronel ajudou a aprontar o Januário. Foi quem pôs ordem na cabelada cor de abóbora. Na terceira tentativa fez uma risca bem no meio da cabeça.

— Agora só falta a merenda.

Dona Nequinha preparou logo. Pão francês. Goiabada Pesqueira. Queijo Palmira.

— Diga pro Inácio tirar o automóvel. O fechado.

A comoção era geral. Dona Nequinha apertou mais uma vez a gravata azul do Januário. O coronel deu uma escovadela, pensativo, no gorro. Januário fez uma cara de vítima.

— Vamos indo que está na hora.

Dona Nequinha (o coronel já se achava no meio da escadaria de mármore carregando a pasta colegial) beijou mais uma vez a testa do menino. Chuchurreadamente. Maternalmente.

— Vá, meu filhinho. E tenha muito juízo, sim? Seja muito respeitador. Vá.

Todo compenetrado, de pescoço duro e passo duro, Januário alcançou o coronel.

A meninada entrava no Ginásio de São Bento em silêncio e beijava a mão do Senhor Reitor. Depois disparava pelos corredores jogando os chapéus no ar. As aulas de portas abertas esperavam de carteiras vazias. O berreiro sufocava o apito dos vigilantes.

— Cumprimente o Senhor Reitor.

D. Estanislau deu umas palmadinhas na nuca do Januário. Januário tremeu.

— Crescidinho já. Muito bem. Muito bem. Como se chama?

Januário não respondeu.

— Diga o seu nome para o Senhor Reitor.

— Januário.

— Ah! Muito bem. Januário. Muito bem. Januário de quê?

Januário estava louco para ir para o recreio. Nem ouviu.

— Diga o seu nome todo, menino!

Com os olhos no coronel:

— Januário Peixoto de Faria.

O porteiro apareceu com uma sineta na mão. Dlin-dlin! Dlin-dlin! Dlin-dlin!

O coronel seguiu para o São Paulo Clube pensando em fazer testamento.

O Monstro de Rodas

O Nino apareceu na porta. Teve um arrepio. Levantou a gola do paletó.

— Ei, Pepino! Escuta só o frio!

Na sala discutiam agora a hora do enterro. A Aída achava que de tarde ficava melhor. Era mais bonito. Com o filho dormindo no colo Dona Mariângela achava também. A fumaça do cachimbo do marido ia dançar bem em cima do caixão.

— Ai, Nossa Senhora! Ai, Nossa Senhora!

Dona Nunzia descabelada enfiava o lenço na boca.

— Ai, Nossa Senhora! Ai, Nossa Senhora!

Sentada no chão a mulata oferecia o copo de água de flor de laranja.

— Leva ela pra dentro!

— Não! Eu não quero! Eu... não... quero!...

Mas o marido e o irmão a arrancaram da cadeira e ela foi gritando para o quarto. Enxugaram-se lágrimas de dó.

— Coitada da Dona Nunzia!

A negra de sandália sem meia principiou a segunda volta do terço.

– Ave Maria, cheia de graça, o Senhor...

Carrocinhas de padeiro derrapavam nos paralelepípedos da Rua Sousa Lima. Passavam cestas para a feira do Largo do Arouche. Garoava na madrugada roxa.

– ... da nossa morte. Amém. Padre Nosso que estais no Céu...

O soldado espiou da porta. Seu Chiarini começou a roncar muito forte. Um bocejo. Dois bocejos. Três. Quatro.

– ... de todo o mal. Amém.

A Aída levantou-se e foi espantar as moscas do rosto do anjinho.

Cinco. Seis.

O violão e a flauta recolhendo de farra emudeceram respeitosamente na calçada.

Na sala de jantar Pepino bebia cerveja em companhia do Américo Zamponi (SALÃO PALESTRA ITÁLIA – Engraxa-se na perfeição a 200 réis) e o Tibúrcio (– O Tibúrcio... – O mulato? – Quem mais há de ser?).

– Quero só ver daqui a pouco a notícia do *Fanfulla*. Deve cascar o almofadinha.

– Xi, Pepino! Você é ainda muito criança. Tu é ingênuo, rapaz. Não conhece a podridão da nossa imprensa. Que o quê, meu nego. Filho de rico manda nesta terra que nem a Light. Pode matar sem medo. É ou não é, Seu Zamponi?

Seu Américo Zamponi soltou um palavrão, cuspiu, soltou outro palavrão, bebeu, soltou mais outro palavrão, cuspiu.

– É isso mesmo, Seu Zamponi, é isso mesmo!

O caixãozinho cor-de-rosa com listras prateadas (Dona Nunzia gritava) surgiu diante dos olhos assanhados da vizinhança reunida na calçada (a molecada pulava) nas mãos da Aída, da Josefina, da Margarida e da Linda.

— Não precisa ir depressa para as moças não ficarem escangalhadas.

A Josefina na mão livre sustentava um ramo de flores. Do outro lado a Linda tinha a sombrinha verde, aberta. Vestidos engomados, armados, um branco, um amarelo, um creme, um azul. O enterro seguiu.

O pessoal feminino da reserva carregava dálias e palmas-de-são-josé. E na calçada os homens caminhavam descobertos.

O Nino quis fechar com o Pepino uma aposta de quinhentão.

— A gente vai contando os trouxas que tiram o chapéu até a gente chegar no Araçá. Mais de cinqüenta você ganha. Menos, eu.

Mas o Pepino não quis. E pegaram uma discussão sobre qual dos dois era o melhor: Friedenreich ou Feitiço.

— Deixa eu carregar agora, Josefina?

— Puxa, que fiteira! Só porque a gente está chegando na Avenida Angélica. Que mania de se mostrar, que você tem!

O grilo fez continência. Automóveis disparavam para o corso com mulheres de pernas cruzadas mostrando tudo. Chapéus cumprimentavam dos ônibus, dos bondes. Sinais-da-santa-cruz. Gente parada.

Na Praça Buenos Aires, Tibúrcio já havia arranjado três votos para as próximas eleições municipais.

— Mamãe, mamãe! Venha ver um enterro, mamãe!

Aída voltou com a chave do caixão presa num lacinho de fita. Encontrou Dona Nunzia sentada na beira da cama olhando o retrato que a *Gazeta* publicara. Sozinha. Chorando.

— Que linda que era ela!

— Não vale a pena pensar mais nisso, Dona Nunzia...

O pai tinha ido conversar com o advogado.

Armazém Progresso de São Paulo

O armazém do Natale era célebre em todo o Bexiga por causa deste anúncio:

AVISO ÀS EXCELENTÍSSIMAS MÃES DE FAMÍLIA!
O
ARMAZÉM PROGRESSO DE SÃO PAULO
DE
NATALE PIENOTTO

TEM ARTIGOS DE TODAS AS QUALIDADES
DÁ-SE UM CONTO DE RÉIS A QUEM PROVAR
O CONTRÁRIO

N. B. — Jogo de *bocce* com serviço de restaurante nos fundos.

Isso em letras formidáveis na fachada e em prospectos entregues a domicílio.

O filho do doutor da esquina, que era muito pândego e comprava cigarros no armazém mandando-os debitar na conta do pai com outro nome, bulia todos os santos dias com o Natale:

— Seu Natale, o senhor tem pneumáticos-balão aí?

— Que negócio é esse?

— Ah, não tem? Então passe já para cá um conto de réis.

— Você não vê logo, Zezinho, que isso é só para tapear os trouxas? Que é que você quer? Um maço de Sudan Ovais? E como é na caderneta?

— Bote hoje uma Si-Si que é também pra tapear o trouxa.

O Natale achava uma graça imensa e escrevia: *Duas Si-Si pro Sr. Zezinho—1$200.*

O Armazém Progresso de São Paulo começou com uma porta no lado par da Rua da Abolição. Agora tinha quatro no lado ímpar.

Também o Natale não despregava do balcão de madrugada a madrugada. Trabalhava como um danado. E Dona Bianca suando firme na cozinha e no *bocce.*

— Se não é essa cousa de imposto, puxa vida!

Mas a caderneta da Banca Francese ed Italiana per l'America del Sud ria dessa cousa de imposto.

— Dá aí duzentão de cachaça!

O negro fedido bebeu de um gole só. Começou a cuspir.

No quintal o pessoal do *bocce* gritava que nem no futebol. Entusiasmos estalavam:

— *Evviva il campionissimo!*

O Ferrucio entrou de pé no chão e relógio-pulseira.

— Mais duas de Hamburguesa, Seu Natale.

Meninas enlaçadas passeavam na calçada. O lampião de gás piscava pra elas. A locomotiva fumegando no carrinho de mão apitava amendoim torrado. O Brodo passou cantando.

Natale veio à porta da rua estirar os braços. Em frente à Confeitaria Paiva Couceiro expunha renques de cebola e a mulher do proprietário grávida com um filhinho no colo. Esse espetáculo diário era um gozo para o Natale. Cebola era artigo que estava por preço que as excelentíssimas mães de família achavam uma beleza de preço. E o mondrongo coitado tinha um colosso de cebolas galegas empatado na confeitaria. Natale que não perdia tempo calculou logo quanto poderia oferecer por toda aquela mercadoria (cebolas e o resto) no leilão da falência: dez contos, talvez sete, quem sabe cinco. O português não agüentaria mesmo o tranco por mais tempo.

— Dona Bianca está chamando o senhor depressa na cozinha.

Resolveu primeiro apertar o homem no vencimento da letra. E acendeu um Castro Alves.

A roda de *pizza* chiava na panela.

— *Con molte alici, eh dama Bianca!*

— *Si capisce, sor Luigi!*

Natale entrou.

— Vem aqui no quarto.

Natale foi meio desconfiado.

— Que é?

Bianca quando dava para falar era aquela desgraça.

— José Espiridião, o mulato, o do Abastecimento, ora, o da Comissão do Abastecimento...

— Já sei.

... estava ali no quintal assistindo a uma partida de *bocce*. Conversando com o Giribello, o sapateiro, o pai da Genoveva...

— Já sei.

Bianca foi levar lá um prato de não sei o quê e o sem-vergonha do mulato até brincara com ela. Disse umas gracinhas. Mas ela não ficou quieta não. Que esperança. Deu uma resposta até que o Espiridião ficou até assim meio...

— Já sei.

Pois é. Ela ficou ali espiando o *bocce* porque era a vez do Nicola jogar. E como o Nicola já sabe é o campeão e estava num dia mesmo de...

— Sei!

Pois é. Ela ficou espiando. E também escutando o que o Espiridião estava dizendo para o Giribello. Não é que ela fazia questão de escutar o que ele falava. Não. Mas ela estava ali perto — não é? — então...

— SEI!

O Espiridião falava assim para o Giribello que a crise era um fato, que a cebola por exemplo ia ficar pela hora da morte. O pessoal da Comissão do Abastecimento andava até...

— SEI!

Ela então não quis ouvir mais nada. Veio correndo e mandou o Ferrucio chamá-lo para lhe dizer que desse um jeito com o português.

— Já sei...

Se não aproveitasse agora nunca mais. O homem que desse em pagamento da letra as...

— Dona Bianca! Venha depressa que o Dino quer avançar nas comidas!

— Mais um copo, Seu Doutor.

José Espiridião aceitava o título e a cerveja.

— Pois é como estou lhe contando, Seu Natale. A tabela vai subir porque a colheita foi fracota como o diabo. Ai, ai! Coitado de quem é pobre.

Natale abriu outra Antártica.

— Cebola até o fim do mês está valendo três vezes mais. Não demora muito temos cebola aí a cinco mil-réis o quilo ou mais. Olhe aqui, amigo Natale: trate de bancar o açambarcador. Não seja besta. O pessoal da alta que hoje cospe na cabeça do povo enriqueceu assim mesmo. Igualzinho.

Natale já sabia disso.

— Se o doutor me promete ficar quieto — compreende? — e o negócio dá certo o doutor leva também as suas vantagens...

Espiridião já sabia disso.

Dona Bianca pôs o Nino na caminha de ferro. Ele ficou com uma perna fora da coberta. Toda cheia de feridas.

Então o Natale entrou assobiando a *Tosca*. A mulher olhou para ele. Percebeu tudo. Perguntou por perguntar:

— Arranjou?

Natale segurou-a pelas orelhas, quase encostou o nariz no dela.

— Diga se eu tenho cara de trouxa!

Deu na Dona Bianca um empurrão contente da vida, deu uma volta sobre os calcanhares, deu um soco na cômoda, saiu e voltou com meio litro de Chianti Ruffino. Parou. Olhou para a garrafa. Hesitou. Saiu de novo. E trouxe meia Pretinha.

Dona Bianca deitou-se sem apagar a luz. Olhou muito para o Dino que dormia de boca aberta. Olhou muito para o *Santo Antonio di Padova col Gesù Bambino* bem no meio da parede amarela. Mais uma vez olhou muito para o Dino que mudara de posição. E fechou os olhos para se ver no palacete mais caro da Avenida Paulista.

Nacionalidade

O barbeiro Tranquillo Zampinetti da Rua do Gasômetro nº 224-B entre um cabelo e uma barba lia sempre os comunicados de guerra do *Fanfulla.* Muitas vezes em voz alta até. De puro entusiasmo. *La fulminante investita dei nostri bravi bersaglieri ha ridotto le posizione nemiche in un vero amazzo di rovine. Nel campo di battaglia sono restati circa cento e novanta nemici. Dalla nostra parte abbiamo perduto due cavalli ed è rimasto ferito un bravo soldato, vero eroe che si è avventurato troppo nella conquista fatta da solo di una batteria nemica.*

Comunicava ao Giacomo engraxate (SALÃO MUNDIAL) a nova vitória e entoava:

Tripoli sarà italiana,
sarà italiana a rombo di cannone!

Nesses dias memoráveis diante dos fregueses assustados brandia a navalha como uma espada:

– *Caramba, come dicono gli spagnuoli!*

Mas tinha um desgosto. Desgosto patriótico e doméstico. Tanto o Lorenzo como o Bruno (Russinho para a saparia do Brás) não queriam saber de falar italiano. Nem brincando. O Lorenzo era até irritante.

— Lorenzo! Tua *madre ti chiama!*

Nada.

— Tua *madre ti chiama, ti dico!*

Inútil.

— *Per l'ultima volta, Lorenzo! Tua madre ti chiama, hai capito?*

Que o quê.

— *Stai attento que ti rompo la faccia, figlio d'un cane sozzaglione, che non sei altro!*

— Pode ofender que eu não entendo! Mamãe! MAMÃE! MAMÃE!

Cada surra que só vendo.

Depois do jantar Tranquillo punha duas cadeiras na calçada e chamava a mulher. Ficavam gozando a fresca uma porção de tempo. Tranquillo cachimbando. Dona Emília fazendo meias roxas, verdes, amarelas. Às vezes o Giacomo vinha também carregando a sua cadeira de palha grossa.

Raramente abriam a boca. Quase que para cumprimentar só:

— *Buona sera, Crispino.*

— *Tanti saluti a casa, sora Clementina.*

Mas quando dava na telha do Carlino Pantaleoni, proprietário da QUITANDA BELLA TOSCANA, de vir também se reunir ao grupo era uma vez o silêncio. Falava tanto que nem parava na cadeira. Andava de um lado para outro. Com grandes gestos. E era um desgraçado: citava Dante Alighieri e Leonardo da Vinci. Só esses. Mas também sem titubear. E vinte vezes cada dez minutos. Desgraçado.

O assunto já sabe: Itália. Itália e mais Itália. Porque a Itália isto, porque a Itália aquilo. E a Itália quer, a Itália faz, a Itália é, a Itália manda.

Giacomo era menos jacobino. Tranquillo era muito. Ficava quieto porém.

É. Ficava quieto. Mas ia dormir com aquela idéia na cabeça: voltar para a pátria.

Dona Emília sacudia os ombros.

Um dia o Ferrucio candidato do Governo a terceiro juiz de paz do distrito veio cabalar o voto do Tranquillo. Falou. Falou. Falou. Tranquillo escanhoando o rosto do político só escutava.

– *Siamo intesi?*

– *No. Non sono elettore.*

– *Non è elettore? Ma perchè?*

– *Perchè sono italiano, mio caro signore.*

– *Ma che c'entra la nazionalità, Dio Santo? Pure io sono italiano e farò il giudice!*

– *Stà bene, stà bene. Penserò.*

E votou com outra caderneta.

Depois gostou. Alistou-se eleitor. E deu até para cabalar.

A guerra européia encontrou Tranquillo Zampinetti proprietário de quatro prédios na Rua do Gasômetro, dois na Rua Piratininga, cabo influente do Partido Republicano Paulista e dileto compadre do primeiro subdelegado do Brás; o Lorenzo interessado da firma Vanzinello & Cia. e noivo da filha mais velha do Major Antônio Del Piccolo, membro do diretório governista do Bom Retiro; o Bruno vice-presidente da Associação Atlética Pingue-Pongue e primeiranista do Ginásio do Estado.

Tranquillo agitou-se todo. Comprou um mapa das operações com as respectivas bandeirinhas. Colocou no salão o retrato da família real. Enfeitou o lustre com papel de seda tricolor.

– *Questa volta Guglielmone avrà il suo!*
Lorenzo noivava. Bruno caçoava.

Dona Clementina pouco ligava. Mas no dia em que o marido resolveu influenciado pelo Carlino subscrever para o empréstimo de guerra protestou indignada. Tranquillo deu dois gritos patrióticos. Dona Emília deu três econômicos. Tranquillo cedeu. E mostrou ao Carlino como explicação a sua caderneta de eleitor.

Aos poucos mesmo foi-se desinteressando da guerra. E chegou à perfeição de ficar quieto na tarde em que o Bruno entrou pela casa adentro berrando como um possesso:

Il General Cadorna
scrisse alla Regina:
Si vuol vedere Trieste
t'la mando in cartolina...

E o Bruno só para moer não cantou outra causa durante três dias.

Proprietário de mais dois prédios à Rua Santa Cruz da Figueira Tranquillo Zampinetti fechou o salão (a mão já lhe tremia um pouquinho) e entrou para sócio comanditário da Perfumaria Santos Dumont.

Então já dizia em conversa no Centro Político do Brás:

– Do que a gente *bisogna* no Brasil, *bisogna* mesmo, é *d'un buono* governo, mais nada!

E o único trabalho que tinha era fiscalizar todos os dias a construção da capela da família no cemitério do Araçá.

Quando o Bruno bacharel em Ciências Jurídicas e Sociais pela Faculdade de Direito de São Paulo ao sair do salão nobre no dia da formatura caiu nos seus braços Tranquillo Zampinetti chorou como uma criança.

No pátio a banda da Força Pública (gentilmente cedida pelo doutor secretário da Justiça) terminava o hino acadêmico. A estudantada gritava para os visitantes:

– Chapéu! Chapéu-péu-péu!

E maxixava sob as arcadas.

Tranquillo empurrou o filho com fraque e tudo para dentro do automóvel no Largo de São Francisco e mandou tocar a toda para casa.

Dona Emília estava mexendo na cozinha quando o filho do Lorenzo gritou no corredor:

– Vovó! Vovó! Venha ver o Tio Bruno de cartola!

Tremeu inteirinha. E veio ao encontro do filho amparada pelo Lorenzo e pela nora.

– *Benedetto pupo mio!*

Vendo os cinco chorando abraçados o filho do Lorenzo abriu também a boca.

O primeiro serviço profissional do Bruno foi requerer ao Exmo Sr. Dr. Ministro da Justiça e Negócios Interiores do Brasil a naturalização de Tranquillo Zampinetti, cidadão italiano residente em São Paulo.

Bibliografia sobre António de Alcântara Machado

AMADO, Jorge. Mana Maria. *In*: *Boletim de Ariel.* Rio de Janeiro, V/11, agosto 1936, pp. 292-293.

ANDRADE, Mário de. O túmulo na neblina. *In*: *António de Alcântara Machado. Em memória.* São Paulo, [s. d.] (pp. 92-108).

ANDRADE, Rodrigo M. F. de. António de Alcântara Machado. *In: António de Alcântara Machado. Em memória.* São Paulo, [s. d.] (pp. 171-175).

ALZER, Celio. *António de Alcântara Machado, ilustre e desconhecido. Jornal do Brasil,* Caderno B. Rio de Janeiro, 17 de maio de 1969.

BARBOSA, Francisco de Assis. *António de Alcântara Machado.* Trechos escolhidos. Rio de Janeiro, Agir, 1961. (Nossos Clássicos, 57).

——. Nota sobre António de Alcântara Machado. *In:* MACHADO, António de Alcântara. *Novelas paulistanas.* 3. ed. Rio de Janeiro, José Olympio, 1973 (Col. Sagarana, 84).

BARROS, Jaime de. Um romancista do sul. *In: Espelho dos livros.* Rio de Janeiro, José Olympio, 1936. (pp. 329-336).

BOSI, Alfredo. *História concisa da literatura brasileira.* 3. ed. São Paulo, Cultrix, 1987 (pp. 422-424).

CANDIDO, Antonio & CASTELO, José Aderaldo. *Presença da literatura brasileira* – História e antologia III, Modernismo. São Paulo, Difel, 1964. pp. 135-149.

CARPEAUX, Otto Maria. *Pequena bibliografia crítica da literatura brasileira.* 4. ed. Rio de Janeiro, Ediouro, [s.d.].

FARIA, Maria Alice de Oliveira. António de Alcântara Machado e o imigrante, I e II. *In: O Estado de São Paulo*, Suplemento literário, São Paulo, 5 e 12 de novembro de 1966.

GRIECO, Agrippino. *Gente Nova do Brasil.* 2.ed. Rio de Janeiro, José Olympio, 1948.

——. *António de Alcântara Machado. Em memória.* São Paulo, E. Pocai, 1936.

HOLANDA, Sérgio Buarque de. Realidade e poesia. *In: António de Alcântara Machado. Em memória.* São Paulo, [s. d.] (pp. 176-179).

LARA, Cecília de. "António de Alcântara Machado e o imigrante, I e II. In: O Estado de São Paulo, Suplemento literário, são Paulo, 5 e 12 de novembro de 1966.

LEÃO, Múcio. Autores e Livros. Suplemento Literário d'*A Manhã.* Rio de Janeiro, 16/5/1943. Número dedicado a António de Alcântara Machado.

LEITE, Manuel Cerqueira. António de Alcântara Machado (Visto através do "Gaetaninho"). *Revista Brasiliense*, São Paulo, nº 22, março-abril 1959, pp. 85-102.

LIMA, Alceu Amoroso. *Estudos* – 2ª série. 2. ed. Rio de Janeiro, Civilização Brasileira, 1934. (Romancistas ao sul, pp. 29-32).

LINS, Álvaro. Um documento do modernismo. *In: Jornal de crítica* – 1ª série. Rio de Janeiro, José Olympio, 1941. (pp. 188-196).

MACHADO, Luís Toledo. *António de Alcântara Machado e o Modernismo.* Rio de Janeiro, José Olympio, 1970.

MARTINS, Wilson. *O modernismo.* 2. ed. São Paulo, Cultrix, 1967 (A literatura brasileira, vol. VI, pp. 255-262).

MILLIET, Sérgio. António de Alcântara Machado. *In: Términus seco e outros coquetéis.* São Paulo, Irmãos Ferraz, 1932. (pp. 337-348).

MOISÉS, Massaud. *História da literatura brasileira – vol. V (O modernismo).* São Paulo, Cultrix/EDUSP, 1989.

——. Alcântara Machado. *In: Fora de forma.* São Paulo, Anchieta, 1942. (pp. 38-43).

——. Introdução. *In:* MACHADO, Alcântara. Brás, Bexiga e Barra Funda. Laranja da China. São Paulo, Martins, 1944. (pp. 5-19).

PEIXOTO, Afrânio. *Cartas, etc. do Padre Joseph de Anchieta.* Rio de Janeiro, Academia Brasileira de Letras, 1933. (Nota preliminar, pp. 5-11).

REGO, José Lins do. Alcântara Machado. *In: Gordos e magros.* Rio de Janeiro, Casa do Estudante do Brasil, 1944. (pp. 54-56).

RIBEIRO, João. Alcântara Machado. *In: Os modernos.* Rio de Janeiro, Academia Brasileira de Letras, 1952. (pp. 314-318).

SILVEIRA, Alcântara. *Novelas paulistanas. In: O Estado de São Paulo,* Suplemento literário, São Paulo, 13/05/1961.

Este livro foi composto em AGaramond
e impresso pela Vida e Consciência
sobre papel offset 75g da Ripasa.
Foram produzidos 5000 exemplares
para a Ediouro em outubro de 2004.